J. Stern

Die Frau im Talmud

Antigonos

J. Stern

Die Frau im Talmud

Unveränderter Nachdruck der Originalausgabe von 1879.

1. Auflage 2024 | ISBN: 978-3-38696-110-3

Antigonos Verlag ist ein Imprint der Outlook Verlagsgesellschaft mbH.

Verlag: Outlook Verlag GmbH, Zeilweg 44, 60439 Frankfurt, Deutschland
Vertretungsberechtigt: E. Roepke, Zeilweg 44, 60439 Frankfurt, Deutschland
Druck: Libri Plureos GmbH, Friedensallee 273, 22763 Hamburg, Deutschland

Die
Frau im Talmud.

Eine Skizze

von

J. STERN,

Rabbiner in Buttenhausen (Württemberg).

ZÜRICH.
Verlags-Magazin.
(J. Schabelitz.)
1879.

Seiner theuren Tante

Mirjam Weil geb. Frankfurter

in Oberdorf im Ries

widmet dieses Büchlein

der Verfasser.

Die Frau im Talmud.

Es gibt kaum ein literarisches Werk, in dessen
Beurtheilung die Meinungen so sehr divergiren, als
über jenes eigenthümliche, aus den ersten Jahrhunderten unserer Zeitrechnung stammende, um-
fangreiche Werk, welches unter dem Namen Talmud bekannt ist. Während es auf der einen Seite
als Fundgrube exorbitanter Weisheit gepriesen wird,
ist es für Andere nur ein Sammelsorium von Irr-
thümern und Thorheiten, oder gar ein unreiner
Quell sittlich verwerflicher Lehren. Der Umstand,
dass dieses Werk neben der Bibel das Fundament
des altgläubigen Judenthums bildete und theilweise
noch bildet, indem es die das schriftliche Gesetz
interpretirende und supplirende mündliche Tradition
enthalten soll, weshalb seinem religionsgesetzlichen
Inhalt beinahe dieselbe Autorität beigelegt wurde,
wie den pentateuchischen Gesetzen, trug wesentlich
dazu bei, das Urtheil über diese seltsame, und theils
aus linguistischen, theils und mehr noch aus syste-
matischen Gründen schwer zugängliche literarische
Erscheinung auf beiden Seiten zu trüben. Scheute

man sich nämlich jüdischerseits, den Inhalt des Werkes kritisch zu prüfen, indem man denselben als den Ausfluss einer höheren Inspiration zu betrachten sich gewöhnt hatte und von der strengen Orthodoxie die Läugnung des göttlichen Charakters des Talmuds als ebenso starke Häresie bezeichnet. wurde, wie die Läugnung des göttlichen Ursprungs der Bibel, ja selbst die Controversen unter diesem schiefen Gesichtspunkt betrachtet wurden — so ging man auf nichtjüdischer Seite im Eifer der Religionspolemik so weit, dem Talmud allen ächt religiösen Gehalt und ethischen Geist abzusprechen und setzte ihn sogar häufig auf den Index der verderblichen Bücher, was mitunter zu einem förmlichen Verbot des Talmuds ausartete. Den Juden stand der Talmud über, den Christen unter aller Kritik; diesen gebrach das sine ira, jenen das sine studio, weshalb gewöhnlich das Urtheil über denselben da zu einem Pamphlet, dort zu einem Panegyrikus sich gestaltete. Noch jetzt ist der Streit über den Werth oder Unwerth des Talmud nicht beigelegt und es sind besonders in der letzten Zeit allerlei Broschüren polemischen und apologetischen Charakters über ihn aufgetaucht; eine Erscheinung, die durch das gesteigerte Interesse, dessen sich der Talmud in weiteren Kreisen neuerdings erfreut, erheblich begünstigt wird. In besser unterrichteten Kreisen scheint übrigens jene freundliche Beurtheilung immer mehr Boden zu gewinnen, welche im Talmud eine grossartige, die geistigen Niederschläge des Judenthums aus mehreren Jahrhunderten umfassende Encyklopädie sieht, worin wohl viel Verkehrtes, aber auch viel Treffliches enthalten ist; einen reichhaltigen Schacht, der wohl viele Schlacken enthält, deren Entstehung aus Zeit und Ort im Allgemeinen und aus der eigenthümlichen Geistesrichtung, in welche der Pharisäismus das Judenthum gedrängt hatte, sich erklärt; aus welchem aber auch gar manches edle Metall zu Tage gefördert werden kann. Was aber den im Talmud waltenden sittlichen Geist anbelangt, so wird eine nüchterne und objective Beurtheilung desselben nicht umhin können, zu gestehen, dass sich darin durchweg der Geist einer reinen, edlen Moral ausspricht, welche ihre Abstammung von der Moral der Prophetie und ihre Verwandtschaft mit derjenigen der Bergpredigt nicht verkennen lässt.

Zu den offenbaren Lichtparthien des Talmuds dürfen nun ohne Bedenken die Stellen gerechnet werden, welche die Frau betreffen. Und wenn es wahr ist, dass die Kultur gewisser Zeiten und Kreise in der Stellung sich spiegelt, welche dieselben der Blume der Schöpfung, der Frau gegenüber, einnehmen, so kann nicht bestritten werden, dass die Würdigung, welche das Weib im Talmud gefunden hat, einen hohen Grad ethischer Kultur bekundet.

Ja wir begegnen im Talmud Aussprüchen über das Weib, welche in Anbetracht des Zeitalters und des Landes, aus dem sie stammen, den Leser überraschen; so zartsinnig sind dieselben, so sehr kontrastiren sie mit der Geringschätzung, welche der Orient bis auf den heutigen Tag gegen die Frau an den Tag legt, so ganz und gar durchdrungen sind deren Autoren von der Würde der Frauen, von dem edlen und veredelnden Wesen ächter und reiner Weiblichkeit.

Von jenem im Mittelalter blühenden Frauenkultus zwar, von jener sinnlich-schwärmerischen Gluth der Romantik, welche das Weib zur Halbgöttin verklärt und beispielsweise den Ritter in die Arena jagt, um in frivolem Uebermuth den Handschuh der Angebeteten den Klauen wilder Bestien zu entreissen, findet sich im Talmud freilich keine Spur. Auch suchen wir darin vergebens nach erotischen Ergüssen, in denen die sinnliche Anmuth des Weibes verherrlicht wird. Wenn es auch ausser Zweifel steht, dass die Gelehrten des Talmud gegen die Reize einer schönen Frauengestalt nichts weniger als stumpf waren — finden sich doch im Talmud gar manche niedliche Anekdoten über lustige Streiche, welche «der Götter und der Menschen Herrscher, Amor» den Herren Rabbinern gespielt hat*) — so

*) So z. B. wird erzählt: Der fromme Rabbi Amram hatte einst ein hübsches Mädchen aus der

schliesst doch schon die Natur des Talmud jede erotische Poesie, selbst in der Form einer einfachen Gnome, aus. Wie sollten auch auf den steinigen Gefilden der Halachah (des religionsgesetzlichen Theils des Talmud, der grösstentheils kasuistische Debatten über rituelle und rechtliche Bestimmungen enthält) erotische Rosen zur Blüthe gelangen? In dem belletristischen Theile des Talmud aber, der Hagadah (welche die Gefilde der Halachah wie ein muntrer Strom in anmuthigen Windungen durchzieht) weht allzustark der erbauliche und der bestrickenden Sinnlichkeit abholde Geist der Synagoge

---

Gefangenschaft losgekauft und in sein Haus gebracht, um es den nächsten Tag den Eltern zurückzubringen. Zum Schutze seiner Unschuld wies er dem Mädchen ein Zimmer im Söller seines Hauses an und liess die Leiter, welche zum Söller führte, wegstellen. Aber die Schönheit des Mädchens hatte die Phantasie des Rabbi gewaltig aufgeregt und entzündete ein unedles Feuer in des Mannes Busen. So sehr er sich auch anstrengte, sich der Leidenschaft zu erwehren, der Pfeil Cupido's drang desto tiefer in seine Seele, je eifriger er strebte, sich von ihm zu befreien, und im Rausche der Leidenschaft ergriff Amram um Mitternacht die Leiter, setzte sie an ihren frühern Platz und stieg hinauf. Als er jedoch mehrere Sprossen hinaufgestiegen war, machte seine Tugend eine verzweifelte Anstrengung, über die Sinnlichkeit Herr zu werden. Aus voller Kehle schrie er mitten auf der Leiter:

als dass der Erotik darin ein noch so bescheidenes Plätzchen gewährt worden wäre. Nicht die ästhetische, sondern die ethische Macht und Bedeutung des Weibes findet ihre Würdigung. Nicht die holde Jungfrau, sondern die wackere Gattin wird gepriesen und wenn wir das weibliche Ideal des Talmud in poetische Beleuchtung rücken wollen, so thun wir es am treffendsten mit den Strophen Byron's in dem zarten Gedicht «She walks in beauty», das mit den Worten schliesst:

> Ein frommes Wirken früh und spät,
> Ein Herz voll Frieden und Vertraun,
> Und Lieb', unschuldig wie Gebet.
>
> (Nach Gildemeister.)

«Feuer! Feuer! Es brennt! Im Hause Amram's brennt's!» Erschrocken eilten die aus dem Schlafe gestörten Nachbarn herbei mit Eimern und Schläuchen; aber kein Feuer war zu sehen, sondern nur Rabbi Amram mit wilden Blicken, zerstörtem und schamrothem Antlitz und oben das schüchterne Mädchen, staunend über den ihm unerklärlichen Vorgang. Endlich klärte sich die Sache auf und als die Leute darüber spotten wollten, dass er sich selbst so kompromittirt habe, sagte er mit niedergeschlagenen Augen und zitternder Stimme: «Besser, ich stehe jetzt beschämt vor euren Augen, als später beschämt vor Gott und meinem Gewissen.» — Unter andern Sagen dieser Gattung verdient noch diejenige aus späterer Zeit Erwähnung, welche lebhaft an die Beschwörung der Helena durch Faust erinnert. Um die Gestalt der Königin von Saba

Wir wollen dem Leser eine Reihe hierher ge-
höriger Aussprüche vorführen und mit denen den
Anfang machen, welche den Ehestand betreffen.
Der Talmud ist ein ausgesprochener Gegner des
Cölibats und er bezeichnet die Ehe als Pflicht für
Jedermann. In seiner Manier, alle religiös-sittlichen
Pflichten aus der Bibel abzuleiten, um nicht dem
Verbote: «Du sollst nichts hinzuthun» zu verfallen
(was ihn jedoch nicht hinderte, die einfachen bibli-
schen Ge- und Verbote mit einem ganzen Hofstaat
von Observanzen zu umgeben), lehnt er dieselbe an
das freilich eigentlich als Segen aufzufassende Wort
Gottes bei der Schöpfung des Menschen: «Seid

---

nämlich, von welcher das 1. Buch der Könige nur
flüchtig berichtet, dass sie Salomo besucht habe,
hat sich ein reicher Sagenkreis gebildet und allmählig gestaltete sie sich zu einer dämonischen
Schönheit, welche Züge der spartanischen Helena,
der Kleopatra und der Venus, die den Ritter Tann-
häuser bestrickt, vereinigt. Ein der Kabbalah (jüdische Magie) kundiger Rabbi soll einmal, der rabbinischen Kasuistik überdrüssig und lechzend nach
Schönheit und Lust, diese weibliche Sphinx aus
dem Schattenreich zu sich beschworen haben. Als
sie aber erschienen war, da fehlte dem armen Rabbi
der Muth, seinem Werke die Krone aufzusetzen.
Ihre blendende Schönheit erfüllte ihn mit Angst
und in seiner Noth rief er einen Schüler herbei, der
ihm beistehen musste, die Zaubererscheinung in das
Reich der Nacht zurückzubannen.

fruchtbar und mehret euch!» wobei er nicht verfehlt, auf die hohe Wichtigkeit dieser Pflicht, deren Vernachlässigung er manchen schweren Sünden gleichstellt, mit dem Umstand hinzuweisen, dass dieses das erste biblische Gebot ist. Rabbi Elieser steht sogar nicht an, zu erklären: Wer keine Frau heimführt, verdient nicht den schönen Namen Mensch; denn es steht geschrieben: Mann und Weib schuf er sie und nannte ihren Namen Mensch; von welchem Diktum unsre Hagestolzen nicht sonderlich erbaut sein werden, wofür aber unsern Rabbi der Dank aller Ehestandsaspirantinnen entschädigen wird. Ein anderer Spruch lautet: Der Unverehlichte lebt ohne Freude, ohne Segen, ohne Glück; ein Satz, den auch der deutsche Sprachgenius bestätigt, wenn anders Frau von freuen abzuleiten ist. Weit entfernt, beim Priesterstand hierin eine Ausnahme zu statuiren, ist im Gegentheil nach dem Talmud vorzugsweise dem Hohepriester die Ehe geboten und in seiner religionsgesetzlichen Uebertreibung geht der Talmud sogar so weit, einem hohepriesterlichen Junggesellen die Funktionen im Tempel am Versöhnungstage zu untersagen. Der vorsichtige Rabbi Jehudah empfiehlt sogar, einige Tage vor dem Versöhnungstage dem Hohepriester eine weitere Frau «vorzubereiten», für den Fall, dass seine Gattin plötzlich sterben würde.

Mit der Erfüllung dieser Pflicht, sich zu verehlichen, soll der Jüngling nicht allzulange warten. Das geeignete Alter zum Ehebund ist nach den «Sprüchen der Väter» (ein Mischnahtraktat, der eine Sammlung religiös-sittlicher Sprüche aus dem Munde der Schulhäupter enthält) das achzehnte Jahr. Wer aber vom zwanzigsten Jahre an unverehlicht bleibt, liegt sein Leben lang im Bann der Sünde. Rab Chisda sagte: Dass ich meine Genossen an Gelehrsamkeit überholt habe, verdanke ich dem Umstand, dass ich schon mit sechszehn Jahren heirathete (weil ihn dadurch die Sinnlichkeit in seinen Studien nicht beirrte). Hätte ich erst im vierzehnten geheirathet, würde ich dem Satan selbst eine Nase drehen. Hiebei ist jedoch nicht zu übersehen, woran u. A. auch der Leser von «Romeo und Julia» sich zu erinnern hat, dass in wärmeren Ländern die Reife schon frühzeitig eintritt. Der Vers: «Wohl dem Manne, der ein Joch trägt in früher Jugend» wird auf frühe Heirath gedeutet. — Auch die Töchter sollen möglichst bald verheirathet werden, um sie vor Ausschweifung zu schützen. Der Vers: «Du darfst gewiss sein, dass Frieden weilt in deinem Hause» bezeichnet nach einem Autor den, der seine Töchter mit dem Eintritt der Pubertät verheirathet, und ein Anderer äussert sogar: Wenn deine Tochter mannbar ist, so schenke einem deiner Sklaven die Freiheit und verlobe ihn mit ihr; d. h. besser sie mit einem Libertin zu

verheirathen, als sie länger unverehlicht zu lassen.
— Es liefern diese Aussprüche zugleich einen Beleg, dass der Talmud nicht jener sinnenfeindlichen, mönchischen Askese huldigt, die man nicht ganz mit Unrecht als nazarenisch bezeichnet hat und die auch in der jüdischen Mystik sich einbürgerte, welche das Fleisch als teuflisch brandmarkte und in der Unterdrückung der natürlichen Triebe ein Verdienst sah. Nicht die Unterdrückung der Sinnlichkeit stellt die Religion dem Menschen zur Aufgabe, sondern die Zügelung und Eindämmung derselben mit den Grundsätzen der Vernunft und Moral. Daher findet sich auch im Talmud der merkwürdige Ausspruch: «Warum nennt die Schrift den Nasiräer einen Sünder?» Weil er das Gelübde der Weinenthaltung abgelegt hat und der Amoräer Samuel nennt den, der sich mit Fasten kasteit, einen Sünder. — Jene talmudische Empfehlung des «Jung gefreit» hat übrigens bedauerlicherweise bei den polnischen und russischen Juden die Unsitte der frühzeitigen Ehen veranlasst, welchen nicht der geringste Antheil an dem Pauperismus und damit zusammenhängenden socialen und sittlichen Uebeln beizumessen ist; da man sich in jenen Kreisen strikte nach der talmudischen Vorschrift richtet, unbekümmert um eine gesicherte Existenz. Der Talmud selbst sagt jedoch: Der Mann soll zuerst einen Weinberg pflanzen, hernach ein Haus bauen und

dann erst eine Frau heimführen, was nichts anderes heissen will, als dass man zuerst die Existenz sichern, dann erst sich häuslich einrichten und hernach heirathen soll.

Dass indessen der Ehestand mit seinen Sorgen dem Studium des Religionsgesetzes (was nach dem Talmud eine heilige Pflicht jedes Israeliten ist) nicht immer förderlich ist, wurde keineswegs verkannt. Einem Autor, welcher behauptete, es sei als gesetzliche Norm festzustellen, dass man zuerst heirathe und hernach das Gesetzesstudium betreibe, wurde von einem andern entgegnet: Wie, mit Mühlsteinen am Halse soll man sich in der Gesetzeskunde ausbilden können? Nein, vielmehr zuerst vervollkommne man sich im Studium und erst hernach werde geheirathet. Einer der hervorragendsten Koryphäen des Talmud, der den Ehestand mit vollem Munde pries, blieb selbst unverehlicht und entschuldigte sich mit dem lakonischen Wort: «Was soll ich thun? Mein Herz hängt am Studium.» Ein Anderer liess sich sogar vernehmen: Bei einem Gelehrten, der gegen Weib und Kind nicht grausam sein kann, wie ein Rabe, hat die Gelehrsamkeit keinen Bestand; was natürlich cum grano salis zu verstehen ist.

Dass die Talmudisten in derartigen hagadischen Erörterungen über die Ehe stets die Monogamie im Auge hatten, lässt mit Sicherheit schliessen, dass die Polygamie unter denselben nicht vorkam, obgleich das talmudische Gesetz dieselbe als zulässig betrachtet und auch von ethischer Seite nichts dagegen geltend gemacht wurde; letzteres vermuthlich, weil sie die Bibel nicht verpönt. Später jedoch wurde die Vielweiberei mit dem Interdikt belegt. Die zu Worms abgehaltene Kirchenversammlung (im elften Jahrhundert), in welcher der berühmte Rabbi Gerson, genannt das Licht der Diaspora, den Vorsitz führte, sprach den Bann über jeden Israeliten aus, der mehr als eine Frau heirathet.

Dass die Talmudisten der Polygamie abhold waren, lässt sich auch daraus folgern, dass sie sagen: Wie kommt es, dass in der ersten Relation der Schöpfungsgeschichte gesagt ist, Mann und Weib schuf er ihn, dass nach der zweiten dagegen zuerst der Mann und hernach das Weib aus seiner Rippe erschaffen wurde? Der Widerspruch löst sich damit, dass Gott allerdings Mann und Weib zugleich geschaffen hat, aber beide waren aneinander gewachsen (wie etwa die siamesischen Zwillinge); hernach trennte Gott das Weib vom Manne, d. h. von der Rippe, wo sie an einander angewachsen waren, so dass sie sich miteinander freuen konnten. Wer über diese schwerlich ernstgemeinte Phantasie spottend die Lippen kräuseln wollte, der erinnere sich, dass der liebenswürdige Schalk Aristophanes in Platon's Symposion c. 14 ein ähnliches Stückchen den zechenden Freunden preisgibt. —

Hier mag sich eine weitere auf die Schöpfung des Weibes bezügliche talmudische Anekdote anreihen. Ein römischer Kaiser, der sich häufig mit einem Rabbi über religiöse Themata neckte, sagte einmal zu demselben: Euer Gott ist ein Dieb, denn es heisst: Gott liess den Adam in Schlummer sinken und nahm ihm eine seiner Rippen, aus welcher er das Weib erschuf. Schlagfertig antwortete der Rabbi: Herr Kaiser, gestern Nacht haben Diebe bei mir eingebrochen. Sie stahlen mir einen silbernen Becher, liessen aber einen goldnen Becher dafür zurück. — Der Kaiser erklärte sich besiegt. Warum aber, fuhr er fort zu fragen, liess Gott den Adam in Schlummer sinken; weshalb liess er ihn nicht wach? — Der Rabbi schwieg, befahl aber bald darauf einer Sklavin, ein rohes Stück Fleisch herbeizubringen. Vor den Augen des Kaisers reinigte er das Fleisch, bereitete es zu, steckte es an den Spiess, briet es, alles vor des Kaisers Augen und setzte es ihm vor. Der Kaiser fühlte keinen Appetit zu diesem Mahl und liess sich eine andere Speise bringen; denn indem er das Fleisch im rohen Zustande gesehen und seine allmählige Verwandlung beobachtet habe, sei ihm die Lust, es zu geniessen, verschwunden. So hast du dir selbst deine vorige Frage beantwortet, sagte triumphirend der Rabbi. In der That verhält es sich so:

«Das Unvollkommene, Halbfertige
Dem Kennerauge zu zeigen, widerstrebt
Dem Künstler und dem Bildner. Wohl vollendet,
Wie aus dem Haupt des Donnerers Athene,
Entzückt das Werk den staunenden Beschauer.»

(Aus einem noch ungedruckten
dramatischen Gedicht „Prometheus".)

Da man demgemäss die Ehe als ein religiös-sittliches Institut betrachtete, wurde auch die Betheiligung an der Hochzeitsfreude zur frommen Pflicht gestempelt. Selbst die ehrwürdigsten Rabbiner hielten es nicht unter ihrer Würde, die Vermählungsfeier zu erheitern und mit geistreichen Bonmots zu würzen, wie ja auch Jesus, an welchem manche schöne Züge des Rabbinismus sich zeigen, der Hochzeit zu Kana als heiterer Gast beiwohnte und sogar zur Erhöhung der Hochzeitsfreude durch Beschaffung eines guten Trunkes beitrug, welch liebenswürdiges Benehmen bei Vielen unter seinen rigorosen Jüngern der Gegenwart vermisst wird.*)

---

*) Ein junger Pastor wurde einmal von seinem der Welt und ihren Freuden abholden Prälaten tüchtig abgekanzelt, weil er bei einer Hochzeit wacker gezecht und sich etwas burschikos benommen hatte. Er vertheidigte sich, so gut es eben ging, und meinte: Christus selbst hat ja der Hochzeit zu Kana beigewohnt. «Hätt's auch bleiben lassen können,» war die Replik des eifernden Gottesmannes.

-- Ein gewisser Rabbi Jehuda ben Ilai pflegte mit einem Myrthenzweig in der Hand vor der Braut zu tanzen. Ein Anderer nahm drei Myrthenreiser, die er kunstförmig in die Höhe warf und wieder auffing. Hillel I., das berühmte Schuloberhaupt, der Autor des berühmten Worts: «Was du nicht willst, das man dir thu', das füg' auch keinem Andern zu,» pflegte der Braut zuzurufen: «Bräutlein schön und hold! Bräutlein fromm und tugendhaft.» Selbst von einem Fürsten, Agrippa I., wird erzählt, dass er oft in Person sich dem Brautzug anschloss und demselben voranschritt, und als man sich dar- über wunderte, erwiederte er: Sehet, ich trage die Krone täglich, das Brautpaar aber nur einmal im Leben. Warum sollte ich demselben meine Ehren- bezeugung missgönnen?

Es interessirt die Leser gewiss, auch etwas über die Form der Verlobung und Hochzeit zu erfahren. Aus der Mischnah erfahren wir, dass zur Zeit des zweiten Tempels vorzugsweise an zwei Tagen im Jahre Verlobungen stattfanden: am fünfzehnten Ab und am zehnten Tischri, dem Versöhnungstage (woraus hervorgeht, dass man damals keineswegs diesen Tag ganz in der Synagoge zubrachte, bei ununterbrochenem Gebet und Kasteiungen). An diesen Tagen zogen die jungen Leute hinaus in weissen Gewändern und tanzten in den Weinbergen

und hiebei wurden viele Verbindungen geknüpft.*)
Der eigentliche Akt der Verlobung bestand darin,
dass der junge Mann in Gegenwart zweier Zeugen
dem Mädchen ein Silberstück oder einen Ring anbot, mit den Worten: «Wenn du darein willigst,
meine Frau zu werden, so empfange dieses als
Pfand.» Oder man stellte eine Verlobungsakte aus,
unter welche drei Zeugen ihre Siegel legen mussten.
Das Herkommen duldete noch die dritte Verlobungs-
weise, den coitus, von den Rabbinern wurde sie
jedoch verboten. — Die Hochzeit folgte mitunter
gleich auf die Verlobung, mitunter trennte sie der
Zwischenraum von sechs Monaten oder einem Jahre.
Die Feier der Hochzeit war nur ein Familienfest,
in welchem weder Priester noch Leviten irgend ein
wichtiges Amt hatten. Der Vater gab den Nuptu-
rienten den Hochzeitssegen. Hierauf folgten Feste,
welche sieben Tage dauerten, nach deren Verlauf
man die Braut in höchstem Schmuck aus ihrem
eigenen Hause in das des Gemahls führte. Gaude-
amus! Edite, bibite, amici! pflegte der junge Mann
zu rufen. Die Braut war ihrerseits von ihren Ge-

---

*) Ein Ueberrest dieser Sitte findet sich noch
in der Liturgie des Versöhnungstages, indem zur
Vespervorlesung aus der Thorah das 18. Cap. des
Leviticus bestimmt ist, welches die verbotenen
Grade enthält. Mit Recht haben daher viele Syna-
gogen für die Gegenwart Lev. 19, 1—18 substituirt.

spielinnen umgeben, deren Stimmen sich vereinten, um ihr Lob zu singen. Am Abend führte man sie zum Hochzeitslager im Zimmer ihrer Mutter selbst, welche ihr dasselbe einräumte. Der junge Mann eilte herbei. Doch kaum hatte er die Ehe eingeweiht, so kehrte er in die Mitte seiner Freunde zurück, wie die Spartaner, die in der Ehe die Begierden zu erhalten suchten und sich unter allen Umständen den Wünschen des Vaterlandes bereit zeigen wollten. Während der ganzen Hochzeitswoche machte die oft gewiss unwillkommene Freundschaft den jungen Mann der Liebe streitig.*)

Bei der Ehestiftung erhielt die Frau von ihren Eltern nur die zu ihrem Schmuck und ihren persönlichen Bedürfnissen erforderlichen Dinge. Der Mann gab die Aussteuer her. Dass der Ehegatte die Mitgift hergebe, schien den Talmudisten so tief im Rechte begründet zu sein, dass sie es untersagen, mit der jungen Frau in einem Gemach allein zu bleiben, so lange derselben nicht ihr Theil ausgesetzt ist. «Schöne Welt, wo bist du? Kehre wieder!» wird mancher mit Töchtern gesegnete Vater beim Lesen dieser Zeilen seufzend ausrufen. Dies war indessen auch, wie Salvador nach Tacitus mittheilt, bei den

---

*) Die obige Darstellung der Verlobungs- und Hochzeitsfeier ist der «Geschichte der mosaischen Institutionen und des jüdischen Volkes» von Salvador gefolgt.

alten Germanen der Fall. (Dotem non uxor marito, sed uxori maritus offert.)

Die wesentlichen Verpflichtungen gegen die Gattin, welche das mosaische Gesetz dem Gatten stellt, dass er ihr Ernährung, Bekleidung und eheliche Liebe schuldig sei, erweitert der Talmud auch auf Folgendes: Eine Mitgift, alle Hülfeleistung für die Gesundheit der Frau, die Ehren des Begräbnisses, das Lösegeld, wenn sie in Gefangenschaft gerieth, die Unterhaltung aus dem Nachlasse, vom Tage ihres Wittwenthums, bis sie ihren verschriebenen Theil empfing, dieselben Vortheile für die Töchter, die sie mit ihm hatte, bis zur Zeit ihrer zweiten Ehe und die allgemeinen Rechte der Erbschaft für die Kinder.

Dass das eheliche Glück nur dann ein vollkommenes ist, wenn besonders die Gattin treu und tugendhaft ist, wird in zahlreichen Sprüchen betont und das Wort der Sprüche: «Anmuth ist trüglich, Schönheit vergänglich; ein gottesfürchtig Weib allein ist rühmenswerth» wird als alleiniger Gradmesser des weiblichen Werthes bezeichnet. Besonders wird die Zenuah gepriesen, ein Wort, in welchem Treue, Sittsamkeit, Eingezogenheit, Schamhaftigkeit, Keuschheit zu einem einheitlichen Begriff zusammenschmelzen. Was bedeutet, heisst es einmal, der Vers: «Dein Weib, wie ein grünender Weinstock im Winkel deines Hauses?» Er bedeutet:

Wenn eine Frau sittsam, eingezogen, häuslich ist, am liebsten in den Räumen ihres Hauses weilt, erst dann gleicht sie dem Weinstock, welcher die köstliche Beere der Traube zeitigt, die Jeden begeistert. Darum sehe man bei der Wahl der Gattin in erster Linie auf edle Sitten, auf einen guten Namen. Auch auf Familie zu sehen, wird empfohlen, d. h. auf Familie, welche durch Bildung und guten Ruf sich auszeichnet. Um eine treffliche Gattin heimzuführen, meint Rab Papa, darf man wohl eine Stufe von seinem Rang hinabsteigen, braucht man keine Mésalliance zu scheuen. Besonders scharf äussert sich der Talmud gegen die Geldheirathen und wenn besonders heutzutage Cupido's Bogen und Köcher von Plutus entwendet worden zu sein scheinen, so dass der Dichter spotten konnte:

> «Säckchen voll mit Gold unzählig,
> Linnen, Betten, Silberzeug —
> O die Liebe macht uns selig,
> O die Liebe macht uns reich!»

so trägt der alte Talmud keine Schuld daran. Wer eine Frau um des Geldes willen heirathet, versichert u. A. ein Rabbi, bekommt ungerathene Kinder, denn die Liebe, die beste Grundlage des Familienlebens, fehlt. Ferner heisst es: Wer seine jugendliche Tochter an einen alten Mann verheirathet (um eine reiche Parthie zu machen), der handelt gegen das Wort: du sollst deine Tochter nicht entweihen, sie

der Ausschweifung preiszugeben. Als Muster einer
Zenuah wird uns im Talmud eine Frau vorgeführt,
Hannah, welche die Heldin einer Erzählung ist, die
einem Romandichter alle Ehre machen würde. Sie
war eine glänzende Schönheit, mit allen Vorzügen
und Tugenden einer Frau geschmückt und an einen armen Mann verheirathet. Der reiche und an-
gesehene Nathan verliebte sich so sehr in sie, dass
er krank wurde und die Aerzte erklärten, dass er
sterben müsse, wenn sein Liebessehnen nicht ge-
stillt werde. Man befragte die Weisen, ob es nicht
gestattet sei, dass die Frau wenigstens zu Nathan
gehe und mit ihrem freundlichen Blick, ihrer lieb-
lichen Stimme sein siechendes Herz erquicke; sie
aber erklärten: Besser, er sterbe, als dass die Rein-
heit der Ehe nur im Geringsten entweiht werde.
Während dessen versank der Gatte Hannah's immer
tiefer in Armuth und Schulden und eines Tages
wurde er unbarmherzig in den Schuldthurm ge-
worfen. Mit unermüdlicher Emsigkeit arbeitete das
treue Weib Tag und Nacht, um mit ihren Erspar-
nissen die hartherzigen Gläubiger zu befriedigen
und den Gatten zu befreien. Diesem aber währte
dies zu lange und eines Tages liess er die Frau zu
sich kommen und bat sie, sich zu dem reichen Nathan zu begeben und ihn um ein Darlehen zu bit-
ten, womit er seine Schulden decken könne. «Gott,
mein Gott,» rief Hannah, «ist das Maass meines

Elendes noch nicht voll? Wie kannst du dies von mir verlangen, da du doch weisst, dass er in sündiger Liebe zu mir entbrannt ist? Wie soll ich mich ihm wehrlos ausliefern und die Treue gegen dich wankend machen. Sieh, ich bin zu jedem Opfer bereit, um dir deine Freiheit zu erkaufen; nimmermehr aber werde ich zu Nathan gehen.» Voll Verzweiflung eilt sie von dannen und geht wieder an ihre Arbeit. Nach einiger Zeit besucht sie den Gatten wieder. Dieser empfängt sie finster und verdrossen und spricht: «Ja ich kenne deine Absichten, du willst, dass ich hier in meinem Harm zu Grunde gehe, damit du die Gattin des reichen Nathan werden kannst.» Dies war der armen Frau zu viel. Ohnmächtig fiel sie nieder und besinnungslos musste man sie nach Hause tragen. Als sie wieder zu sich kam, versank sie in tiefes Nachdenken und endlich reifte ein fester Entschluss in ihrer Seele. Sie machte sich auf und trat den Weg zu Nathan an. Die Diener, welche dem Herrn ihre Ankunft meldeten, wurden von ihm reichlich beschenkt, und entzückt, mit Wonnebeben sieht er sie bei sich eintreten. Züchtig und verschämt schilderte sie die Lage ihres Gatten und bat ihn um das Darlehen, das er ihr sofort einhändigte. Aber als sie sich wieder entfernen wollte, warf er sich ihr zu Füssen und bestürmte sie mit den Ergüssen seiner Liebe. Hannah hörte ihn ruhig an und als er eine Pause machte, begann sie: «Nathan, ich befinde mich ganz in deiner Macht. Voll Vertrauen auf deinen Edelmuth habe ich den Schritt gewagt und meine Ehre in deine Hand gegeben. Kannst du wirklich so unedel handeln und meine verzweifelte Lage ausbeuten? Sieh, flüchtig ist der Rausch der Lüste, vergänglich der Genuss. Die Reue aber wird zeitlebens dir den Stachel in's Herz bohren, das Gewissen wird nicht aufhören, dich zu quälen; mich aber wirst du auf Lebenszeit unglücklich machen.» Und noch manche Worte dieser Art fügte sie hinzu und nicht vergeblich hatte sie gesprochen. Fürchterlich war der Kampf, den Nathan in diesem Augenblicke kämpfte, stöhnend wie in Fieberhitze rang er die Hände, doch endlich siegte die Tugend über seine Leidenschaft. Ein Thränenstrom brach aus seinen Augen. «Hannah,» rief er, «du hast gesiegt. Zieh' in Frieden.» Jubelnd eilte sie zu ihrem Gatten und händigte ihm die Summe ein und erzählte ihm, was ihr begegnet. Er aber empfing sie mit finstrer Miene, denn er konnte nicht glauben, dass seine Frau unentweiht aus Nathan's Hause kam. Aus der Haft entlassen durch ihre heroische That, hatte er kein freundliches Wort mehr für sie und ihr Leben war nun noch schlimmer als zuvor. — Nathan aber, durch den Sieg, den er über sich errungen, zum Höheren hingezogen, widmete sich von jenem Tage an ganz dem Studium der Religion und bald

hatte er einen hohen Grad der Gelehrsamkeit er-
reicht. Eines Tages trat der Gatte Hannahs in den
Lehrsaal, um die Scheidungsklage gegen seine
Gattin anzustrengen, weil sie eine Ehebrecherin sei.
Erstaunt sah er Nathan auf der Gelehrtenbank und
fragte Einen der Anwesenden, wie dieser Mann
der doch nie zu den Gelehrten zählte, hierher komme
Man erzählte ihm den Vorfall und es lässt sich
denken, mit welchen Gefühlen er es vernahm. Wie
von Furien gejagt, eilte er zu Hannah und stürzte
zu ihren Füssen. «Hannah, verzeih'!» war das Einzige, was er stammeln konnte. Sie aber dankte Gott,
dass ihr Gatte seinen Irrthum eingesehen, und öff-
nete ihm verzeihend und liebend ihre Arme.

Als eine wesentliche Grundlage des ehelichen
Glücks wird ferner der Frieden zwischen Ehegatten
namhaft gemacht und es wird dies recht hübsch
mit einem Wortspiel an den hebräischen Namen
von Mann und Weib gezeigt. Mann heisst *isch*, Frau
ischah. Die Konsonanten *Aleph schin* sind beiden
Wörtern gemeinsam, welche *esch* «Feuer» bedeuten.
Nun hat *isch* noch ein *Jod*, *ischah* noch ein *he*, was
zusammen den Gottesnamen *Jah* ergibt. Dies bedeutet: Wenn Mann und Frau in Frieden zusammen-
leben, so weilt Gott unter ihnen und segnet sie;
wenn aber *esch*, das Feuer des Haders, zwischen ihnen lodert, so zieht sich Gott von ihnen zurück und
das Feuer des Haders verzehrt sie. Frieden zu stif-

ten zwischen disharmonirenden Ehegatten ist darum ein hohes Verdienst und auch hierüber findet sich im Talmud eine niedliche Anekdote. Rabbi Meir hatte einst an einem Sabbath länger als sonst gepredigt. Unter seinen Zuhörern befand sich auch eine Frau, die bei ihrer Nachhausekunft ihren Gatten wüthend fand, weil er so lange auf das Mittagessen warten musste. Woher kommst du? donnerte der brutale Mann. «Von der Predigt.» So? versetzte er, so kannst du gleich wieder dahin gehen. Ich schwöre, dass du mir mein Haus nicht eher wieder betrittst, als bis du dem Rabbi in's Gesicht spuckst. Die arme Frau, die Rohheit ihres Mannes kennend, entfernte sich in das Haus eines Nachbarn und erzählte, was ihr begegnet war. Der Nachbar und seine Gattin gewährten ihr gern Asyl. Allmählig erfuhr Rabbi Meir, welches Unheil seine lange Predigt angestiftet hatte. Er simulirte nun ein Augenleiden und begab sich zu der Frau. Ich habe in Erfahrung gebracht, sagte er, dass es kein vortrefflicheres Mittel gegen Augenschmerz gibt, als der Speichel einer biederen Ehefrau. Möchtest du nicht die Güte haben und mir mit deinem Speichel Linderung bringen? Erröthend that die Frau, was der Rabbi wünschte. Geh nun wieder, sprach Rabbi Meir, zu deinem Manne und sage ihm, du habest mir in das Gesicht gespuckt. Als ihn die Schüler tadelten, weil dies eine Entwürdigung des Amtes wäre, sprach er: Kein Opfer entehrt, wo es gilt, die Eintracht zwischen Ehegatten zu begründen.

Als die eigentliche Begründerin des ehelichen Glückes gilt dem Talmud vorzugsweise die erste Frau, die Jugendgattin. Für Alles gibt es Ersatz, sagt R. Simon, nur nicht für die Jugendgattin. Nur bei der ersten Frau, äussert ein Anderer, findet der Mann die ächten Freuden des Ehestandes. Wenn dem Manne die erste Frau stirbt, sagt R. Simon b. Nachman, so ist es, als ob ihm der Tempel zerstört worden wäre; der Tempel des Ehelebens nämlich, in dem die treffliche Gattin als Priesterin waltet. R. Alexander sagte: Die Welt verfinstert sich ihm. R. Abahu: Seine geistige Regsamkeit erschlafft. Was die Kinder an der rechten Mutter verlieren und wie selten die Stiefmutter eine zweite Mutter ist, drückt eine Stelle aus, indem sie den Fluch: «Deine Söhne und Töchter werden einem fremden Volke preisgegeben» auf die Stiefmutter bezieht. — Indessen wird doch dem Gatten, der das Unglück hat, seine erste Frau zu verlieren, die Wiederverehlichung empfohlen. Samuel sagt: Auch wer viele Kinder hat, soll nicht ohne Frau bleiben, denn es steht geschrieben: «Es ist nicht gut, dass der Mann allein sei.» Rabbi Josua sagte: Der Mann heirathe in der Jugend und heirathe im Alter, er erstrebe das Glück der Kinder in der Jugend und erstrebe es im Alter, denn es heisst: «Des

Morgens (in deinem Lebensmorgen) streue deinen Samen aus und auch des Abends (am Lebensabend) erschlaffe nicht deine Hand.»

Ueberaus zärtlich und galant lauten die Sprüche über die Behandlung der Frau. Wer seine Frau liebt, wie sich selbst, und sie ehrt, mehr als sich selbst, seine Söhne und Töchter den geraden Weg führt und sie verheirathet bald nach der Reife, an ihm bewährt sich das Wort: «Du darfst gewiss sein, dass Frieden weilt in deinem Zelte und wenn du deine Wohnung musterst, wirst du nichts missen.» Ein anderer Spruch lautet: «Stets sei der Mann bedacht auf die ehrenvolle Behandlung seiner Frau, denn nur ihr verdankt das Haus seinen Segen; wie auch R. Akiba den Einwohnern von Mechusa einschärfte: «Ehret eure Frauen, das wird euch wohlhabend machen.» Klingt dies nicht wie das bekannte «Ehret die Frauen etc.» von Schiller? Wiederum heisst es: Der Mensch esse und trinke unter seinem Vermögen, kleide sich nach seinem Vermögen und ehre seine Frau über sein Vermögen; denn sie ist von seiner Güte abhängig, wie er selbst von der Güte des Schöpfers; lauter Sprüche, welche den alten Rabbinern die Herzen der Frauen gewiss gewinnen werden. Rab sagte: Der Mann hüte sich ja, die Frau zu kränken; sie ist gegen rücksichtslose Behandlung empfindlicher als der Mann und wie leicht kommen ihr die Thränen. Drei Dinge, sagt ein Anderer, soll der Mensch mit der Rechten wieder streicheln, wenn er sie mit der Linken verletzt hat: die Leidenschaft*), das Kind und die Frau.

Unter den Frauenbildern, welche die Talmudliteratur, allerdings nur skizzenhaft, enthält, fehlen auch die Xantippen nicht. Eine solche war die Frau des Rabbi Chia, der aber mit sokratischer Sanftmuth und Gelassenheit die Ausbrüche ihrer Launen ertrug. Es wird sogar erzählt, dass er ihr stets einen Gegenstand, der ihr Freude machte, mitbrachte, so oft er auf den Markt ging und als sich seine Genossen darüber wunderten, dass er gegen sein Hauskreuz so aufmerksam sei, erwiderte er: Genug, dass sie unsre Kinder erzieht.

Die hohe Werthschätzung der Hausfrau prägt sich auch in dem oft wiederkehrenden Wort aus: «Sein Haus das ist seine Frau,» denn die Frau ist die Seele des Hauses und von einem Rabbi wird berichtet, dass er seine Frau stets zärtlich: Mein Haus! anredete.

Es werden auch der Frau gar manche Vorzüge vor dem starken Geschlecht zugeschrieben. So heisst es u. A.: Die Frau versteht sich auf Gastfreundschaft weit besser als der Mann. Die Wohlthätig-

---

*) D. h. vermuthlich: Die sinnlichen Triebe sollen nicht exstirpirt, sondern nur regiert werden.

keit der Frau ist eine edlere und zartere, denn sie erquickt den Dürftigen mit Speise und Trank, wir können ihm nur Geld geben. Das Verdienst der frommen Frauen war es, welches Israel in Egypten der Erlösung würdig machte. Eine wackere Frau hat schon oft ihren Mann aus den Schlingen des Lasters befreit, was der Talmud durch ein interessantes Beispiel illustrirt. Unter den Verschwörern gegen Moses in der Wüste, welche von Korach angeführt wurden, wird zuerst auch der Reubenite On ben Pelet genannt. Bei der Erzählung von dem Untergang der Korachiten wird derselbe aber auffallender Weise nicht erwähnt. Dies muss einen Grund haben und der Talmud findet ihn in Folgendem. On ben Pelet hatte eine schöne und kluge Frau, welche wohl voraussah, dass die Empörung ein schlechtes Ende nehmen werde. Sie suchte daher ihren Gatten zu überreden, sich mit den Verschwornen nicht weiter einzulassen. Wie kann ich das, erwiderte er, der ich ihnen schon mein Wort gegeben und die Stunde bestimmt habe, wo sie an mein Zelt kommen sollen, um mich abzuholen. Dafür lass mich sorgen, sagte sie. Zur bestimmten Stunde setzte sie sich an den Eingang des Zeltes im frechen Kostüm eines Freudenmädchens, mit entblössten Schultern und Busen. Denn, dachte sie, wenn die Empörer sich auch gegen Moses auflehnen, so stammen sie doch aus edlen Familien und Frechheit und Unzucht verabscheuen sie. In der That, als die Verschwornen sich dem Zelte On's nähern wollten und das decolletirte Weib erblickten, das sie mit frechen Geberden herbeilockte, zogen sie von dannen und On ben Pelet wurde nicht weiter von ihnen behelligt. — In vielen Dingen, sagt der Talmud, hat Gott die Frau mit einem feineren Verstand begabt, als den Mann. Deshalb sagte ein Autor zu seinem Schüler: «Ist dein Weib klein, bücke dich und flüstre ihr in's Ohr» d. h.: Thue nichts Wichtiges, ohne dich mit deiner Frau zu berathen und zu verständigen.

Wer jedoch aus derartigen Sprüchen schliessen wollte, dass der Talmud den Mann zum Pantoffelträger, oder, wie man in Wien sagt, zum Siemandel hätte erniedrigen wollen, würde irren. Wird doch Simson's Vater, Manoach, für einen Bonhomme erklärt, weil er «stets hinter seiner Frau einhergetrollt sei». In einer aus späterer Zeit stammenden rabbinischen Schrift lesen wir: «Wenn auch die Frau des Mannes' Gefährtin ist, soll sie ihn doch als ihren Ehe h e r r n betrachten, wie auch der Hymenäus im Psalter singt: Er ist dein Herr, du beug' dich ihm. Die Frau liebe ihren Mann, er aber herrsche über sie, nach dem bekannten Bibelwort. Kommt sie ihm als ihrem Herrn entgegen, wird er sie um so inniger lieben und je sanfter und demüthiger sie sich erweist, desto theurer wird sie ihm werden.

Eine kluge Mutter schärfte ihrer Tochter am Vermählungstage ein: Meine Tochter, komm deinem Gatten entgegen, wie einem König, bediene ihn, wie eine Magd, dann wird er dein Knecht sein und dich ehren als seine Gebieterin. Willst du dich aber über ihn erheben und seine Herrin sein, dann erst wird er dein Herr sein.»

Weniger erbaut werden manche unserer modernen Damen sein, wenn sie erfahren, dass der Talmud der Frau Arbeit als Pflicht auferlegt. Selbst wenn eine Frau hundert Mägde hätte, sagt die Mischnah, hat sie doch die Pflicht, eine passende Frauenarbeit, wie Spinnen und dgl., zu betreiben; denn der Müssiggang führt zur Ausschweifung.

Dass sich die Frau mit Gelehrsamkeit abgebe, sieht der Talmud nicht gern. Wer seine Tochter in Gelehrsamkeit unterweist, unterrichtet sie in Zuchtlosigkeit, meint ein Talmudist und ein anderer war so ungalant, eine gelehrte Frau, welche in religionsgesetzlichen Diskussionen mitreden wollte, mit dem Wort zurückzuweisen: Der Frauen Weisheit ist am Spinnrocken, d. h. mulier taceat in ecclesia. Von emanzipirten Frauen wollten sie vollends gar nichts wissen. Zwei biblische Frauen, meint ein Rabbi, sind aus der weiblichen Eingezogenheit hervorgetreten und sie tragen daher auch einen unschönen Namen: Deborah und Hulda. Jener bedeutet Wespe, dieser Wiesel.

Wenn jedoch der Talmud das Weib von der strengen Wissenschaft zurückweist, so gilt dies nur von Fachgelehrsamkeit, nicht von allgemeinem Bildungswissen, wie denn gar manche Frauen vorgeführt werden, welche durch Bekanntschaft mit der Bibel und der Auslegung erbaulicher Stellen hervorragten und eine anmuthige Erscheinung darbieten. So z. B. Beruriah, die Frau des Rabbi Meir und Tochter des gelehrten Märtyrers R. Chananjah b. Teradion, die interessanteste Frauengestalt der Hagadah. Von ihr wird u. A. berichtet, sie habe einmal ihren Gatten um den Untergang zweier ruchloser und boshafter Nachbarn beten hören. Da wies sie ihn folgendermassen zurecht. Es steht geschrieben: ‹Es mögen vertilgt werden die Sünden von der Erde und die Frevler nicht mehr sein.› Es heisst nicht die S ü n der, sondern die S ü n d e n. Nicht den Untergang d e r Bösen sollen wir wünschen, sondern d e s Bösen; dann werden die Frevler nicht mehr sein, es wird keine Verbrecher mehr geben. Ein Wort, worin sich ebensosehr ein gebildeter Verstand, wie eine humane und ächt weibliche Gesinnung offenbart und jenen Geist athmet, welcher Antigone bei Sophokles das herrliche Wort sprechen lässt: οὔτοι συνέχθειν, ἀλλὰ συμφιλεῖν ἔφυν (Nicht mitzuhassen, mitzulieben bin ich da). In einem noch glänzenderen Lichte erscheint die Hochherzigkeit dieser Frau in folgender Erzählung. Zwei bildschöne und mit sel-

tenen Geistesanlagen ausgestattete Söhne des R.
Meir und der Beruriah fanden ihren plötzlichen Tod
durch einen Sturz am Sabbath Nachmittag. Die
Leichname derselben wurden der entsetzten Mutter
gebracht, während der Gatte einen Vortrag im Lehr-
hause hielt. Zu dem eigenen Jammer kam der um
den Gatten, für den die Todeskunde der beiden
Lieblinge, die zu den schönsten Hoffnungen be-
rechtigt hatten, niederschmetternd sein musste. Um
des Gatten willen musste sie sich fassen und sie
legte die Leichen auf ein Bett und bedeckte sie mit
weissen Linnen. Ahnungslos kehrte R. Meir um
die Dämmerungsstunde nach Hause zurück und
nahm sein Mahl ein. Als er nach den Kindern
fragte, beruhigte ihn Beruriah mit einer zweideutigen
Rede und nach beendigtem Mahle sprach sie zu ihm:
Theurer Mann, ich habe dir eine wichtige Rechts-
frage vorzulegen. — «Was ist's?» — Vor einiger Zeit
gab mir Jemand ein Kleinod von seltenem Werth
auf unbestimmte Zeit aufzubewahren. Es war mir
an's Herz gewachsen und ich hoffte, mich noch
lange seiner zu freuen. Heute nun, ohne dass ich
darauf gefasst war, fordert er es von mir zurück.
Muss ich es ihm so rasch wiedergeben? — «Wie
du nur so etwas fragen kannst,» versetzte der Gatte,
«gewiss musst du es ihm wiedergeben, unverzüg-
lich.» Da ergriff sie schluchzend seine Hand, führte
ihn an das Bett und zog die Hülle von den Leibern

ihrer Kinder. Mit herzzerreissendem Jammer warf sich R. Meir auf dieselben. Doch Beruriah sagte: Wie, du wolltest Gott das Kleinod vorenthalten, das er dir aufzubewahren gab? Hast du nicht so-eben selbst das Gegentheil behauptet? Und der jammernde Vater beruhigte sich und sprach: «Ja. Gott hat gegeben, Gott hat genommen, der Name Gottes sei gelobt.» — Diese Frau soll nach einem weiteren Bericht ein überaus tragisches Ende gehabt haben. Der Talmud erzählt: R. Meir neckte sie häufig mit dem geflügelten Wort: Des Weibes Sinn ist leicht. Sie aber wollte dies nicht gelten lassen und behauptete, dass viele Frauen hievon eine Ausnahme machen, wozu sie auch sich rechne. Was gilt's! sagte eines Tags ihr Gatte, du selbst wirst dieses Wort noch anerkennen. Er verab-redete hierauf mit seinem Schüler Symmachos, einem ebenso schönen als geistreichen und sittlich ver-lässlichen Jüngling, auf das Herz Beruriahs einen Angriff zu richten, um sie davon zu überführen, dass auch das trefflichste Weib der Verführung zugängig sei. Der Schüler führte den Auftrag des Lehrers gewissenhaft aus und es währte nicht lange, so war die Tugend der Beruriah vom Sturm der Leidenschaft erschüttert und die verblendete Frau liess sich soweit fortreissen, dem Verführer eine nächtliche Stunde zur heimlichen Minne zu be-stimmen. Zitternd vor Aufregung, Gewissensbissen und Angst empfängt sie den feurigen Liebhaber in ihren Armen, verhüllt vom Schleier der Nacht und drückt flammende Küsse auf seine Lippen. Er jedoch drängt sie sanft von sich hinweg und ruft: Beruriah, willst du noch mein Wort bestreiten: Des Weibes Sinn ist leicht? Es war der Gatte, den sie statt des Liebhabers empfangen hatte und vor dem sie jetzt voll Scham in den Boden sinken zu müssen meinte. Sie floh in ihr Gemach, das sie hinter sich abschloss und ihr Mann liess sie gern zur Sammlung allein. Nachdem er aber lange geharrt hatte und nichts im Gemach sich regte, rief er wiederholt ihren Namen. Doch umsonst; er mochte noch so zärtlich rufen, noch so aufrichtig betheuern, dass er ihre Verirrung verzeihe, dass er sich selbst der Schuld, der Frivolität anklage — vergebens. Da dringt er gewaltsam in das verriegelte Gemach und steht voll Entsetzen vor dem Leichnam seiner Gattin. Sie hatte die Schande nicht überleben wollen und sich mit einer Schnur erwürgt. Trübsinn und Melancholie verdüsterten von da an R. Meir's Leben, und von den Furien seiner That gepeinigt, verliess er bald darauf den Schauplatz seines bisherigen Wirkens und starb im fremden Lande.*)

---

*) In einer wissenschaftlichen Zeitschrift (Besondere Beilage zum Württemb. Staats-Anzeiger 1878,

Die Talmudisten lieben es, die biblischen Ge-
stalten zu Helden ihrer Sagen und Parabeln zu
machen. Eine solche, die Hausfrau betreffende
Parabel ist folgende: Ismael, der Sohn Abrahams,
war mit einer Moabiterin, Assia, verheirathet und
hatte seinen Wohnsitz in der Wüste genommen
Es verfloss eine geraume Zeit, bevor es Abraham
möglich war, sich zu einer Reise zu Ismael zu ent-
schliessen und auch da musste er der Sarah, seiner

Nr. 1 u. 2) erschien eine Abhandlung über die
Namen Maier und Meier und bald darauf im An-
schluss hieran über die jüdischen Maier. In der
Letzteren wird behauptet, dass der jüdische Name
Maier nicht vom lat. *major*, sondern von dem oben-
erwähnten Talmudisten R. Meir herkomme, der
unter den Juden diesen Namen zum ersten Mal
trug. Derselbe wäre von dem hebr. *meïr* «leuchten»
abzuleiten. Der Autor dieser Ansicht hat jedoch
vergessen, dass nach einer talmudischen Relation
dieser R. Meir ein Proselyte war, was durch manche
Aussprüche desselben und Züge aus seinem Leben
viel Wahrscheinlichkeit gewinnt. Hienach liegt die
Annahme viel näher, dass auch der jüdische Name
Maier von *major* abstammt, den Jener trug, als er
noch Heide war. Die Unsicherheit des Talmuds
(Traktat Erubin) über den eigentlichen Namen desselben und seine Appellativnamen bestätigt dies.
Es mag noch angeführt werden, dass dieser R. Meir
dreihundert Thierfabeln gedichtet haben soll, von
denen sich aber nur drei erhalten haben.

Frau, das Versprechen geben, die Wohnung selbst nicht zu betreten, um nicht die ehemaligen Beziehungen zu Hagar, der Mutter Ismaels, zu erneuern. Abraham sattelte seine Kameele und reiste ab. Gegen die Mittagsstunde erreichte er das Zelt seines Sohnes. Ismael und Hagar waren abwesend, nur Frau und Kinder waren zu Hause. Die Frau kümmerte sich nicht um den fremden Ankömmling, sie reichte ihm nicht einmal einen Trunk Wasser, um den er bat, sie fluchte und lärmte im Hause, schimpfte und schlug ihre Kinder und fand es nicht einmal der Mühe werth, aus ihrem Zelte zu treten. Abraham rief ihr zu, doch dem Ismael zu sagen, dass ein alter Mann aus Palästina von der und der Gestalt dagewesen sei und ihn ersuche, den schlechten Nagel seines Zeltes zu beseitigen und ihn durch einen neuen zu ersetzen. Hierauf entfernte er sich. — Assia berichtete ihrem Manne, was Abraham hinterlassen hatte, und Jener errieth, wer der Fremde gewesen und verstand den versteckten Sinn seines Wortes. Er fand auch den Rath seines Vaters für gut, trennte sich bald von seiner schlimmen und ungastlichen Frau und heirathete eine Kananiterin. Bald kam Abraham wieder zum Besuche. Die zweite Frau hatte kaum die Ankunft des fremden Greises wahrgenommen, als sie ihm sogleich entgegenging, sich bescheiden vor ihm verneigte und ihm Erfrischungen anbot. Sie bedauerte die Abwesenheit ihres Gatten und wollte ihn nöthigen, in ihrem Zelt zu übernachten. Doch Abraham bat nur um einen Trunk Wasser und ersuchte sie, ihrem Manne zu sagen, ein fremder Greis sei dagewesen und bitte ihn, den Nagel seines Zeltes nicht zu entfernen, denn er sei das Glück und die Zierde desselben. Die Frau richtete die Botschaft aus und war verwundert und erfreut, als ihr Gatte ihr sagte, wer der Greis gewesen sei und was seine Worte bedeuteten. Ismael und Fatima — so hiess die zweite Frau — machten bald dem Abraham ihren Gegenbesuch und verlebten zusammen glückliche Stunden. (Nach Hecht.)

Bei dieser Werthschätzung des Weibes, wie sie in der talmudischen Literatur sich kundgibt, kann es befremden, dass das talmudische Recht die Ehescheidung nicht gerade erschwert; ja dass nach der Ansicht hervorragender Gesetzeslehrer ganz geringfügige Ursachen den Gatten berechtigen, der Frau den Scheidebrief auszustellen. Solche und ähnliche Aussprüche waren es eben, welche zur Verunglimpfung und Verfolgung des Talmud so häufig Anlass boten. Wie es jedoch bei der Beurtheilung des Talmud wichtig ist, zwischen blossen Stimmungsworten, welche in oberflächlicher Conversation oder in der erregten Debatte einem Gelehrten entschlüpften, und festen Ansichten scharf zu unterscheiden*), so wichtig ist es auch, den Unterschied nicht zu vergessen zwischen Gesetz und Moral, zwischen juridischer Norm und religiös-sittlicher Zulässigkeit. Dass Recht und Moral selbst in den am weitesten entwickelten Rechtsnormen nicht immer kongruiren, indem bei jenem das Prinzip der Gerechtigkeit, bei diesem hingegen das der Billigkeit, dort das suum cuique, hier die Postulate der Humanität massgebend sind, wird wohl allgemein zugestanden werden. Auch das talmudische Recht macht hievon keine Ausnahme, wenn es auch als Ausfluss des biblischen moralisch sein und die Moral zum Gesetz erheben will. Mochte es sich auch noch so selbstständig geberden, so konnte es sich doch von der Influenz der damals herrschenden Rechtsnormen und Usancen nicht emancipiren. Hiezu kommt noch die höchst sonderbare Interpretationsmethode,

---

*) So ist z. B. das Wort: «Einen Ungebildeten (am haarez) darf man zerreissen wie einen Fisch am Versöhnungstag, der auf den Sabbath fällt,» so wenig ernst gemeint, oder gar zur literarischen Fixirung bestimmt, wie etwa so manche launige Aeusserungen Bismarcks, die Busch in seiner indiskreten Schrift veröffentlicht hat. Wer in der Talmudliteratur zu Hause ist (was freilich bei den Rohlingen und Konsorten nicht der Fall ist), wird derartige Stimmungsworte auf den ersten Blick als solche erkennen.

welche bei der Auslegung der biblischen Gesetze in Anwendung kam*) und welche hie und da die abenteuerlichsten Normen schuf. Im Leben jedoch konnten jene juristischen Härten und dem Geist der Humanität widerstrebenden Rechts-Pedanterien sich nur selten praktische Geltung verschaffen. Denn der Talmud selbst vergisst nicht, dass das Prinzip der strengen Gerechtigkeit nicht der einzige Maassstab, nicht die alleinige Regulative der menschlichen Handlungen sein kann, dass das strenge Regiment des Corpus Juris gemildert werden müsse durch die humanen Lehren der Religion und Moral. Das Amt, die letzteren neben den ersteren nachdrücklichst zu betonen, übernimmt die Hagadah, jener erbaulich belletristische Theil des Talmud, der die starr gesetzlichen Parthien der Halacha anmuthig unterbricht und ihr gegenüber den Eindruck macht, wie das ideale Antlitz Christi neben dem steinernen Gesetzestafelgesicht des Pharisäers auf Tizian's klassischem Gemälde: «Der Zinsgroschen.» — Ein eklatantes Beispiel hiefür bietet die Abhandlung über den Wortbruch. Nachdem dort juridisch bestimmt worden ist, unter welchen Verhältnissen z. B. der Käufer das Kaufobjekt behalten

---

*) Vgl. hierüber den Anhang der in Zürich (Verlags-Magazin) erschienen Schrift: Rubens, W., der alte und der neue Glaube im Judenthum.

muss, wird ausdrücklich hinzugefügt, dass dies nur nach dem Grundsatz des strengen Rechts gesagt sei, aber die Weisen haben gesagt: «Wer sich bezahlt machte von dem Geschlechte der Sündfluth und dem Geschlechte des Thurmbaues zu Babylon, der wird sich auch bezahlt machen von dem, der sein Wort bricht.» Dieselbe Drohung wird gegen Denjenigen gerichtet, der Jemand um eine geringe Quote übervortheilt, welche nach dem talmudischen Civilrecht nicht entschädigt wird. So wird z. B. auch erzählt: Dem Rabbah hatten einmal seine Taglöhner ein volles Weinfass zerbrochen. Da sie den Schaden nicht ersetzen konnten, nahm er ihnen ihren Mantel. Sie beschwerten sich hierauf bei Rab. Dieser liess den Rabbah holen und befahl ihm, jenen den Mantel zurückzugeben. Muss ich dies von Rechtswegen? fragte Rabbah und Rab antwortete: Ja, denn es steht geschrieben: «Du sollst wandeln auf dem Wege der Guten.» Jener gehorchte. Die Taglöhner aber baten nun auch um ihren Lohn, denn sie hätten nichts zu essen. Rab befahl dem Rabbah, ihnen auch den Lohn auszubezahlen. Auf die abermalige Frage, ob er auch hiezu verpflichtet sei, entgegnete Rab wiederum: Ja, denn es heisst: «Den Pfad der Frommen sollst du wandeln.»

So verhält es sich nun auch mit den Bestimmungen über die Ehescheidung. Nur das strenge

Recht räumt dem Manne, nach der Ansicht der betreffenden Autoren die Befugniss ein, aus geringfügigen Anlässen sich von seiner Frau zu scheiden. Die Moral aber sagt im Talmud: Wer sich von seiner Frau trennt, über ihn vergiesst selbst der Altar bittere Thränen; wie es heisst: Und dieses zweite Uebel vollbringet ihr, ihr bedecket den Altar Gottes mit Thränen und Wehklagen. Und es heisst bald hernach: Gott war Zeuge zwischen dir und dem Weibe deiner Jugend, an der du treulos geworden und sie ist doch deine Genossin und das Weib deines Bundes. Diese hagadische Anschauung war es auch, welche sich im Leben bewährte. «Die Scheidungen kamen keineswegs nach Ungebühr vor. Waren überhaupt die Ehen friedlich und innig, so wurde selbst manche Härte der Ehe geduldig ertragen und die Lehrer stellen uns schöne Beispiele auf, wie mit sanftem Engegenkommen, mit ruhiger Ergebung auch das Loos, an ein zänkisches Weib geknüpft zu sein, erduldet werde.» (Geiger, das Judenthum und seine Geschichte, Bd. 2.)

Wir wollen diese Skizze mit einer hübschen Anekdote aus dem Talmud schliessen, welche an die Weiber von Weinsberg erinnert. In Sidon lebte ein Mann, der schon zehn Jahre mit seiner Frau verheirathet war. Da aber die Ehe nicht mit Nachkommen gesegnet war, so drang der Mann, gemäss rabbinischer Vorschrift, auf Scheidung und Beide traten zu diesem Zweck vor Rabbi Simon ben Jochai. «Wollt ihr,» redete sie der Rabbi an, «da ihr euch doch ohne Groll und Hass trennen wollt, euer bisher friedliches Bündniss so ohne Weiteres lösen? Geht, bereitet euch bei der Scheidung ein ebenso frohes Mahl, wie einst bei eurer Vermählung.» Es geschah. Die Frau, die nur mit schwerem Herzen in die Ehescheidung willigte, besorgte das köstliche Mahl. Becher voll des besten Weines zierten den Tisch, und die Frau verfehlte nicht, den Gatten fleissig zum Trinken zu ermuntern. Dann bat sie den halb Betrunkenen, ihr zum Andenken etwas aus dem Hause als Geschenk zu überlassen. Nimm, was dir lieb ist, war die freundliche Antwort des Gatten. Nun sorgte die Frau erst recht, dass tapfer gezecht wurde, und bald war der Mann berauscht in tiefen Schlaf gesunken. Hierauf liess die Frau den Mann in das Haus ihrer Eltern bringen. Als er des andern Tages erwachte, fragte er erstaunt, wo und wozu er hier sei? Das will ich dir erklären, erwiderte die Frau. Als ich dich gestern vergnügt und munter am Tische sah, bat ich dich um ein Andenken und du erlaubtest mir, das Liebste aus dem Hause auswählen zu dürfen. Was könnte mir aber lieber und theurer sein, als mein Mann? So nahm ich denn dich und brachte dich in meiner Eltern Haus und so weisst du, wie und wozu du hieher gekommen. Gerührt gab der Mann den Vorsatz, sich scheiden zu lassen, auf und nochmals traten sie vor Rabbi Simon. Erstaunt und hocherfreut vernahm er, was geschehen und entliess die Neuverbundenen mit dem Segenswunsch: «Glück zum neuen Bunde!»